JN284959

石川逸子詩集

定本

千鳥ケ淵へ行きましたか

影書房

定本　千鳥ケ淵へ行きましたか　目次

本書は、一九九五年七月に花神社より刊行された『増補　千鳥ケ淵へ行きましたか』を底本とし、詩「ひとつぶの風となって　せめて」、エッセイ「２００５・卓庚鉉さんのこと」を増補したものです。

定本　千鳥ケ淵へ行きましたか

千鳥ケ淵へ行きましたか

1　千鳥ケ淵へ

千鳥ケ淵に行きましたか
　あーあのボート場の
ちがいます　千鳥ケ淵に行きましたか
　さー武道館へは行ったけれど
あれは牛ケ淵
実は私も昨日行ったばかりなのですが
　たしか桜の名所では
はい　二月でしたから固い固い蕾で

その冷たい　桜の木のトンネルの下を
白髪のおばあさまが　ひとり
杖にすがってひょろひょろ歩いてくるのに出会いました

〈お会いになれたのでしょうか〉
　すれ違うとき　心のなかで尋ねてみた
〈いいえ　毎日毎日通ってくるのに
あの子は応えてくれません〉
　千鳥ケ淵にはやはり居ないのでは
〈あなたは恐ろしいことを言って〉
かっとおばあさまは目をむきました
「長いこと　それは長いこと
あの子は泥のなかにいたのです
あの子の耳がきこえるようになるのは　どんなに時が必要か」

すると　あなたの死と　それはどちらが先でしょう
（また思ってならないことを　思っていました）
さみしい　おばあさまを後にして
濠沿いの道を進みます
（実はぐうっと闇へ戻っていっているのではないでしょうか）
千鳥ケ淵戦没者墓苑へと進みます

2　名のない人たち

愚かな私は思っていました
「墓苑というからには一人一人の墓があって
ずらあっと並んでいるのだろう」
フランスの無名戦士の墓
写真で見たのだったか

見渡すかぎり累累と十字架が立ち　一つ一つに花が供えられ

千鳥ケ淵は小ぢんまりしたものです
死者の占める場所は僅か
三十二万一千六百三十二体の　かつて人間だった骨は
地下室の壺のなかに押しこめられています
六室に分けられた壺のなかに
「大君のために」強盗の戦争に出かけ
撃たれ　千切れ　飢え　病み
一片の骨となった　あなた方がいます

「軍人軍属のみならず戦闘に参加した一般人のものも含まれており
いずれも氏名の判明しないものであります」
名がなければ
一枚の赤紙で狩られることもなかったろう

名があったから
父を失い弟妹を養う長男でも
田の草を取りかけていても　フランス語を学びはじめていても
容赦なく　兵にされたのだ

大君にとって　国にとって
生きている間はなにがなんでも必要で
骨になったら　名も求められない
かなしい　あなたたちよ

3　特攻

まっさらな　きりきりとひたぶるに純粋な
青うい

十代の　あなた方の心を　てもなく操り
死へ　ひたすら死へ　駆りたてた
男たちが憎い

葡萄のように真盛りの生を
一挙に断ち切るしかなかった　あなた方
(ひたすら逐われたのだ)
だれからも離れ　まっさおな空に孤りで
(たった一人の男のために)

でも　還れない出立の前に
ふるさとの母へ向けて　まっしぐらに飛んでいった　若い心よ

4　娘の部屋

千鳥ケ淵にくる前の日
娘よ
あなたは発っていきました

からんとなった　あなたの部屋
洋服箪笥には　置いていった　古びた服
青いカーテンが揺れて
あなたは　いない

あなたは単に　この家から離れていっただけなのに
同じトウキョウの空の下で

元気に今日も窓を開けているだろうに
あなたの旅立ちの　辛さ
トカトカ階段を降りてくる足音のもう無いことが
なにげない笑い声の響かないことが
こんなに虚ろで
涙の滲むことだったとは

あなたのいない
あなたの部屋に　ぼんやり佇ち
そして想った
赤紙がやってきた日の
母の気持

骨になってしまうかもしれない

わが子を　万歳で送る
母の気持

5　母恋うる歌

「母上の御手の霜焼いかならんと見上る空に春の動けり」
村川弘さん　神風特別攻撃隊第二御楯指揮官
昭和二十年二月二十一日　硫黄島周辺で特攻戦死
あなたのお骨は　この地下にいますか

弓野弦さん　たった十九歳
昭和十八年三月八日　駆逐艦「峯雲」砲術手としてソロモン海域で　戦死
「熱みると我がぬかの上に手をおきし土あれのみ手肥《こえ》のにほひす」

ソロモン諸島の戦死者は　八万八千二百人
茨城で田を打つ　あなたのお母さんが聞いたこととてなかった
遠うい南の海の底に　きっとあなたは沈んだまま

陸軍特別攻撃隊第五十一振武隊の
光山文博さん
あなたの骨はどこですか
「たらちねの母のみもとぞしのばるる弥生の空の春霞かな」
朝鮮慶尚南道に生まれた　あなたの
本名はなんといったろう
あなたの骨が　六角堂の
「天皇陛下御下賜の陶棺」に入れられていたら
あなたの歯がみする怨みが
ぞおっと聞こえてくる　千鳥ケ淵

6　石の碑

大きな石の碑が建っていました
「過まてる国の政策のため
無惨な骨となりし人たち　ここに眠る
ああ永久《とわ》に戦争許すまじ」
と刻まれているだろうか

天皇の歌でした
「くにのためいのちささげしひとびとの
　ことをおもへばむねせまりくる」

ほかでもない　あなたに
捧げられた　夥《おびただ》しい　いのち
「大君の醜《しこ》の御楯と身をなさば雲染む屍何か惜まん」
牛久保博一　東京医科大学出身
「戦友《とも》は征く我も又征く大君の御楯とならん生きて還らじ」
小野正明　享年十九歳
「大君のみことしあれば天地《あめつち》のきはみの果も行き行き果てむ」
大森重憲　トラック諸島方面にて死す

あなたに捧げつつ
なお断腸の思いで母を偲んだ
二度と生きられない命を思った
死の前夜　若者たちの胸に溢れた涙を
あなたは知っているか

「告げもせで帰る戎衣《じゅうい》のわが肩にもろ手をかけて笑ます母かも」
知覧から飛び立っていった鷲尾克己よ
「送りくれし数々の文見つめつつ別れし去年《こぞ》の母が眼を恋ふ」
敗戦五日前に回天に塔乗していった水井淑夫よ

二度と還らない人たちのために
せめて　一片のうたではなく
僧となって彼らの後世を弔いつつ
隠れ住んでほしかった　あなたには

7　できない計算

ここ百年
ただの一度も　フルサトを荒らしにきたものはいなかったのに

おだやかな異国のひとびとのくらしのなかに
魔物のように剣をかざして
大日本帝国の軍隊　皇軍は踏みこんでいった
どこまでも
どこまでも

三十二万一千六百三十二体の骨が埋もれていた　地域の
呆れる　広さ

十五年間の　強盗の戦争で
陸海軍人軍属のみで
死者の推定総数　二百十二万一千人
(百万の骨は　家に帰り
三十二万一千六百三十二体は　千鳥ケ淵
七十九万九千三百六十八体は

異国の地のなか　海の底に埋まる)
いや　そんな計算はできない
三十二万一千六百三十二体は　軍人軍属に限っていないのだから
白骨は肩章も剣も佩《は》いてはいない
(白骨に滲んでいるのは
泥と　血と　かなしみ　だけだ)

8　たった一人の顔

待ってくれ
私たちの死を忘れたのか
私たちの死は数えないのか
お前たちが私らを殺した

お前たちに　首を斬られ
なぐられて働かされ　動けなくなると穴に放られた
私たちの死はどうなるのだ
殺された私たちを　さらに殺すのか
（雲霞のような声が
石の碑を取り巻く）

「大君のために」日本軍が殺し
餓死させた　アジア・太平洋地域のひとびと
推定　千八百八十二万人
（人口三十一人に一人の割合で殺した）
いくら数えても（それさえ真面目にしていないが）
あなた方は　蘇らない

一年にたった一度でも

いや　十年にたった一度でも
いや　四十年にたった一度でさえ
千八百八十二万人のなかの　たった一人のあなたの顔でも
思い浮かべようとしたことがあったろうか

赤んぼうをあやしていた　中国人のあなたを
妻子に頼られていた　朝鮮人のあなたを
腹を撃たれた　マライ人の少女のあなたを
漸くにして想う　千鳥ケ淵で

9　第一室（ウサギ追いしかの山）

第一室
「北辺　本土及び周辺　沖縄硫黄島」

九千八百十三体
（実際の死者は　陸海軍人軍属のみで
サハリン八千八百人
アッツ島二千六百人
本土十万三千九百人
沖縄八万九千四百人
〔その他をふくめ〕計　推定二十三万九千九百人）

（民間人は東京大空襲だけで十万人
沖縄で十五万人……皇軍に斬られたものもいる
広島で十四万人長崎で七万人……昭和二十年十二月までで
その他で二十万人
推定総数　六十六万人）

（強制連行で

中国人　七千人
朝鮮人　不正確で五万人）
（広島で　朝鮮人約三万人
長崎で　朝鮮人一万人～二万人）

●

昭和十九年十二月二十四日　硫黄島で戦死の
蜂谷博史さん
「爆音を壕中にして歌つくるあはれ吾が春今つきんとす」
あなたは二十三歳
昭和二十年六月二十一日
喜屋武岬の岩かげで自決した
ひめゆり部隊の　九名の少女たち
その前日　海に向った洞窟のなかで

あなた方は歌った
「ウサギ追いしかの山、コブナつりしかの川……」
生きよ　捕われても生きよ　と
　しぶく波はあなた方にささやいてはくれなかったのか

そして　その頃
福岡の炭鉱で　落磐事故でつぶれ死んだ
十三歳の朝鮮人少年　岩田よ
君はどこから拉致されてきたか
君の名はだれか
君の命日はいつか
ボタ山は　答えない
土のなかで二つ折りになった君を　君の同胞が掘り出したとき
日本人の現場監督は「早ク土ヲ出シテ石炭ヲ運ベッ」と怒鳴ったと
わかっているのは　たったそれだけ

10　第二室（ヒコクミンの母）

「中国（旧「満州」）」
三万七千五百九十四体
（死者の推定総数は　陸海軍人軍属のみで
　四万六千七百人
　開拓民の死亡率は　五十%を越えるという）

●

辰己茂さん
あなたは　この地下にいるでしょうか
昭和十七年一月入隊　「満州」派遣
牡丹江で二十年八月ごろ戦死したもよう

二十二歳のあなたが出征する前夜の送別会
あなたの膳に据えられた　白い立方体の豆腐
遺骨の箱になぞらえて
「死して護国の鬼となれ」
醤油はかけずに一箸でも口をつけねばならぬ慣習《ならわし》
おめでとうさん
近所の人たちに祝われ
一箸　食べねばならなかった　あなた
食べているあなたを見ているしかなかった　あなたの母
でも　翌る朝
その母は　敬礼して　あなたに言ったのです
「辰己茂二等兵に命令する‼
死ぬことはなりません。
生きて帰ると復唱しなさい‼」
その叫びゆえに

ヒコクミン　と爪はじきされた　あなたの母だったが
辰己茂さん
あなたは　その母の命令に従えなかった
耳成山のほとりに必死に帰りたい　あなたの骨はこの地下　それとも
　牡丹江に埋まっていますか

11　第二室（チョヌン　ヨギエ　イッスムニダ）

（　）さん
「あけみ」と呼ばれた　あなた
あなたの名前は分かりません
あなたの死んだ日も　死んだ場所も
あなたの骨が

いま　どこに　怨みを呑んで埋まるかも

（　）さん
うす紅色の鳳仙花がほおっと咲いたような
あなたは　可憐な少女でした
「女子挺身隊」として狩り出されるその日まで

朝鮮ピー　とあなたは蔑んで呼ばれた
（　）さん
私のくにの男たちが　あなたにしたこと
欺して　奪って
日々たて続けに
あなたが人間でない　ひとかたまりの　穴であるかのように

人間でなくなっていたのは

私のくにの男たちなのに
かなしい殺人ロボットたちの　股間に生えた
殺人男根
それが　日本刀のように　あなたを襲う
あなたの下腹を血まみれにし
あなたの誇り高い心に
軍靴で泥をなすりつける

（　）さん
月光こぼれる夜に　あるいはつつじ咲く朝に
あなたの父母が名付けた名まで　ふいと奪われ
「あけみ」と呼ばれ　「大君のために」働くことを強いられた　あなた
日本軍遁走の日に　ボロ切れの如く捨てられた　あなた

あなたは帰ってこなかった

解放の祖国にも
憎い日本にも

あなたのされこうべは
酷寒の曠野に　埋もれているでしょうか　いまも

저의《チョウイ》　이름은《イルムン》　（　）
（わたしの名は（（　）））
저는《チョヌン》　여기에《ヨギエ》　있습니다《イツスムニダ》
（わたしは　ここにいます）
저를《チョルル》　고국으로《コググロ》　돌아갈수《トラガルス》
있게《イツケ》　해주세요《ヘジュセヨ》
（わたしを　故国にかえして）

きれぎれに
あなたの声が　風に混じってきこえているけれど
いくら耳をすましても
あなたの名は　わからない

あなたは　誰だったのでしょう

12　第三室（生まれてはじめて）

「中国（除旧「満州」）台湾　朝鮮」
三万九千二百六十四体
（実際の死者は　陸海軍人軍属のみで
中国本土四十五万五千七百人

台湾三万九千百人
朝鮮二万六千五百人
推定総数　五十二万一千三百人）

ああ　中国人の死者は　軍人、ゲリラ、一般市民で
実に一千万人
朝鮮人　ごく少なめにみて二十万人
台湾人　不明

●

昭和二十年一月十八日
太原で戦病死した　五十嵐善太郎さん
空箱のなかに名札一枚のあなたが
家族のところへ戻ったのは　戦後もあとのあと
戻れなかったのだ　あなたの骨は

心臓肥大で　呼吸困難の発作におそわれることしばしばのあなたを
「お国」は甲種合格で召集したのです

「生れてはじめて人をなぐったり、銃を以て突いたりしました」
と妻に書いてきた　及川一男さん
岩手の農民のあなたは　山西省の野戦病院で死んだ
「村からは五人の者を銃殺、ほかに弾に当って死んだもの等十数名あり、赤く血の流れたところや、うめき声を聞けば全くこの世の地獄と思いました。人間と人間のころし合いですからみんな真剣です」
と妻に書いた　佐々木徳三郎さん
秋田の農民で三児の父のあなたは　山西方面で戦死

「土民の部落の焼かれたる、畑の中に屍々累々と横はるを見ても既に麻痺せる頭には人間的感情の更に湧かざる事」
陣中日誌に記した二十八歳の江畑稔さん

よその国に踏み入って　殺して殺して
あなたも中国南部で突撃中に死んだ

吉越熙さん
静高在学中に出征した　あなたの死は
敗戦の一ケ月あと
昭和十九年十二月十三日　もはや軍靴も支給されず
地下足袋で　松本連隊からこっそり戦地へ向かった
あなたの死に場所は　江西省南昌県南昌
「もしも、もしもの事があったらだぜ、
　亡き数の中に入ったらやっぱり静高の学生服の写真をネ、
　おれはまだ本当は学業半ばなんだぜ、大学と云う学校があるんだから」
堅く堅く母の手を握って　子供のようにポロポロ泣いた　あなたは
やっと二十歳
やっと自由が開ける戸口で

骨と皮になって病み死んでいった
まだ心は学生の　「侵略」兵士よ

13　第三室（ウェイ　シェンマ?）

あなたのことは「東哺の部落民らしい」としか分かりません
あなたは　坳頂山腹の谷間《あい》を歩いていた
畑仕事から帰る途中か
親戚の祝いごとに招かれていったか
そのあなたを　日本の兵隊が討ったのだ
退屈しのぎの威嚇射撃で　手もとが狂ったのだという
あなたの太腿から血が噴きだし
号泣するあなたを　日本軍はどうしたか
「可哀そうだと思ったが　もう一発射撃させて殺した」

と一人の将校は日記に書く
かくて　あなたは殺された　虫ケラのように
「兵隊に処置させる前に妻子らしいものが泣きながら死骸引き取りに
　きた」
夫であり　父であった　ひと　よ
あなたの村に　日本軍が行かなかったら
あなたは　いま　白髪白髯の老人で
孫達とゆったり山を見ているか

殺された　一千万人のなかの一人
あなたは　若妻です
なだらかな山に囲まれた村　茶葉口で
一九四一年九月朝まで生きていた
入口の扉に「幸福」と書いた字を貼った　真新しい家で
赤んぼうを産み落したばかりの　あなただった

天井には真っ白い紙　壁には模様のついた色紙
花模様の布団にくるまり　産後の疲れでうとうとしていたあなた
傍には　元気に泣いている赤ん坊
赤ん坊をあやしている　あなたの母親
朝の村は静かで　小鳥の声だけが聞こえていた
もし　そのあと独立歩兵第四十三部隊大隊長中佐の
「部落掃蕩　火をつけろ」という命令が出なかったら
小さなあなたの村にまで　日本軍が攻めこむことがなかったなら

生まれきた子に
はじめての乳を与える前に
あなたは焼かれた
あなたの赤ん坊も
母親も

「幸福」と書いた入口の扉から　火のついた藁束がつぎつぎ投げこまれ
ついで扉を閉められ
あなたは焼かれた
　为什么《ウェイシェンマ》?
（どうして）
为《ウェイ》什《シエン》么《マ》杀《シャー》死《スー》…?
（なぜ殺す）
连《リエン》刚《ガン》生《シヨン》下《シャー》的《ダ》娃《ウワ》娃《ウワ》也《イエ》
（いま生まれた赤んぼうまで）

かっと目をみひらいた　あなたの問いが
いまも　茶葉口で
あれから四十四年たった　茶葉口で
燠《おき》となって　くすぶり燃えている

14　第四室（異国の畑で）

「フィリッピン」
八万七千八百六十二体
（実際の死者は陸海軍人軍属のみで
　推定四十九万八千六百人）

中村進六郎さん
三菱倉庫勤務のあなたの入隊は　昭和十八年
そして昭和二十年七月二十五日　ミンダナオ島で戦死　二十五歳
「神鹿」の俳号も持っていたあなたは
バレシヤ飛行場での正月　野外演芸場で
もう一人の戦友とみごとな漫才を演じ

将兵を沸き返らせたという
その時のあなたは思ってもみなかったろう
（七ケ月後のわが命の終わりかたを）
あなたは撃たれて死んだが
あなたを撃ったのは
飢えた日本の兵士たちだ
食料を奪うために　倉庫番の任務についていた　あなたが狙われた
しかし　あなたを撃ったものたちほとんども
やがて　飢え死んでいってしまったろう
（動物の通る細い道の両側まで
飢え　病み死んだ兵士の屍が　ぎっしり並んだという　ミンダナオで）

佐藤吉治さん
（あなたの死んだ島ネグロス島は　いまは飢える島
一面の砂糖きび畑のなかで飢える島です）

四十歳　四人の子もちで陸軍一等兵のあなたは
どんな思いで　その島にいたろう
水田四反、畑一反
秋田の小作農のあなたが
「大君のおんために」異国の畑を荒らさねばならなかった
「大君のおんために」異国の畑で死なねばならなかった

15　第四室（南国の雑木林に）

南国の雑木林に　月は照り
星は輝く
（十六歳の少年だったペドロ
あなたの骨はまだ　雑木林の奥の谷底に　埋もれているでしょうか）

あれは夜明けてすぐだった
「諸君も知っての通り、状況はますます逼迫してきた。このため本日より住民の通行は規制され、リパ市近郊の行動は禁止される。しかし日本軍に協力的かつ善良なる諸君に対しては特別の意図をもって行動の自由を保証するための通行証明書を与える。よって、十六歳以上六十歳までの男子は、全員本日リパ小学校に集合すべし」
ぼくも行く　弟のボアンが騒いだ
お前は家においで　十三歳だから
ペドロは晴れがましく胸を張り　父と兄弟の後ろについて行進する
アニラオ・アンチポロの部落併せて八百名
ペドロ！　帰ってきたら鶏にエサをやってね
母親の叫びにふりむくこともなく
あなたは　露をふくんだ草を踏みしめる

日本兵に誘導された教室では
友達のエルモがいた
よっ　肩を叩きあって笑う
今晩また椰子の樹の下で会おう
エルモは詩を作り
ペドロは即興で曲をつけて歌うのだ
新しい奴を作ったんだ　「椰子林の下で」っていう
エルモはほんのり顔を赤らめて言った
恋の歌なのかい　直観でペドロが尋ねようとしたとき
日本兵が入ってきた
「最初の十人立ちなさい。林の入口に係の兵隊がいる。その兵隊に村名と氏名をいえば通行証明書を渡す。受け取った者はそのまま帰ってよろしい。ただし、アメリカの飛行機には絶対姿を見せてはならない。これだけは特に注意しておきます」
最初の十人のなかに入ってエルモが行く　ちらっとペドロにほほ笑み

ながら
こんどのエルモの詩はどんなかな
いつもちょっとかなしい
風のにおいがする　エルモの詩
次の十人の中に入って　雑木林に向けて歩きながら　ペドロはぼんや
り考える
だから「爆音だ！」「ばくおーん」
「おい爆音だ！　トマッポ（走れ）！」
二、三人の日本兵の声がかかった時　夢中になって走った　他の九人
に遅れまいと
崩れかけた掘立小屋の前を走り抜ける
と「ヒント（待て）！」
いきなり出てきたのは　銃を構えた日本兵たちだ　わっと取り巻かれる
予想もしていないから　ただ立ちすくみ　ぽかんと震えるだけ

十人はたちまち紐で縛られ　珠数つなぎにされる
「ハリカ・リト（来い）！」
林の奥に引き立てられる　脇腹に銃剣がさわる

これはなんだ　欺されてジャップに殺されるのか
エルモ　エルモもやられたのか
そのペドロの体を　蛮声をあげて日本兵が斬る　右肩から袈裟懸けに
　さらに左肩からも斜めに斬る
よろめく腰を軍靴で蹴って　崖下に突き落とす
十六歳のペドロ
李《すもも》のようにきれいな眼をした少年の　あっけない死
そのペドロの上に　つぎつぎ積み重なる
アニラオ・アンチポロの　男たちの屍

八百名の血で　赤くなった川に

ぬるぬると湿った土に
エルモ　あなたが生きていたら
どんな怒りと嘆きの詩を　涙と共に作るだろう
ペドロ　はりさける口惜しさに　どんな声で歌うだろう

でも　若いあなた方は　故なく殺されて
谷底にそのまま　骨となり
鳥と　星たちが
あなた方の残された家族たちが　部落のものたちが
じいっと悲しみを　果実のように溜めている

南国の雑木林に　きょうも
月は照り　星輝き

●

百万人
ハポンに殺されたフィリピン人の数だ
ハポン　サカン　日本人を指す言葉　サカンはタガログ語でがにまた
　を表わすと
コラ！　バカ　バンザイ　フィリピン人が覚えてしまった日本語だと
百万人
そのなかに　エルモ　ペドロがいる

16　さくらの下で

四月　また千鳥ケ淵に行きました
土手の上の　桜のトンネルは満開です
うすべにいろの花びらが　ほわあっと咲いて

さくらの下で
ひとびとは　酔うて浮かれています
花ござを敷き　車座になって
鼻の頭　耳たぶまで赤くなって
寿司をつまみ　オードブルに箸を伸ばし
「樹氷」を紙コップにあけています

お揃いのTシャツ姿の若い二人連れは
ベンチに寄り添って　ハンバーガーを取り出し

いか焼き　たこ焼き　焼きそば
ポップコーン　焼きとうもろこし
ごったがえす　屋台
（一九八五年四月六日土曜の昼下がり

千鳥ケ淵は人であふれます）

花の下のひとびとは
こちらでは笛　あちらではトランプ　遅れて現れた上役に拍手
カメラ提げた老夫婦　アイスクリイムなめる親子連れ

　墓苑は　静かでした
地下の　あなたがたの　呟《しわぶ》きひとつ　聞こえません

かつて死にゆくとき（そして殺しにゆくとき）
あなたがたの幾たりかは　わが身を桜になぞらえました
「大空に散ると決めにし我なれば今こそ征かむ若桜なり」
二十歳　沖縄海域で特攻戦死した　小野塚一江さん
「若桜国に嵐の吹くときは死なばや死なん大君の辺に」
真柄嘉一さん　あなたも廿《はたち》で　喜界ケ島南方で特攻戦死

隊の名も　第四神風桜花特別攻撃隊神雷部隊桜花隊
桜のように散り惜しまず散れ
命じた男たちのうち幾たりかは　今もしぶとく松のように生きて
　いるのに
（無心のうすべにの花びらに
殺人と自死をないまぜて仮託した
恐ろしい考えは　いつ　どこから若者の胸に植えられたろう）

その　恐ろしい考えは　いまは根絶えてしまったろうか
束の間の花見酒に酔うひとたちは　もう誰かのレールの上で走り続け
　たり　しないだろうか

はるか四十年前の今日　四月六日
沖縄海域で特攻戦死した　加藤啓一さん

あなたの遺した　歌のなかに
　耐えながら　耐えながら　ほとばしる叫び
　　　　　　　　　　　　　生キタイ
　　　　　　　　　　　　　生キタイ
　　　　　　　　　　　　　生キタイ
「うぐひすも春風吹かば鳴くものをなぜに此の身は春を待てぬや」
「散りて行く我が身なりとは知りながら蝶ぞ恋しき春の夕暮」

ひっそりした　墓苑のベンチに腰かけて
あなたの歌を口ずさむ
葉桜に　鳥が一羽　止まっています
あの鳥は　春を見たかった　あなたの化身か
でもあなたは福島生まれ
福島の桜はまだ　蕾固いでしょう

ひっそりと　ひっそりと
さくらだけは　ぼおっと白いまま
墓苑は　昏れていきます

17　第五室（どんな春が）

「マレーシア、ベトナム、インドネシア」
八千三百二十三体
（実際の死者は陸海軍人軍属のみで
マレーシア・シンガポール　一万一千四百人
ベトナム　一万二千四百人
インドネシア　四万二百人
計　六万四千人）

●

シンガポール・マレーシア人は五千人虐殺　数千人処刑
ベトナム人　餓死者が二百万人
インドネシア人　不正確で二百万人
大日本帝国軍隊占領による　死者の数

●

大村俊郎くん
マレーシア一万一千四百人の死者たちのなかから
やっと　あなたひとりを見つけました
大村さんと呼ぶには　あまりに若い
たった十七歳のあなた
マレーシア半島プーケット島で特攻戦死
十七歳で陸軍少尉にして死へ追うとは

ふざけすぎている　といいたくなります
「君が為何か惜まん我が命散つて護国の神と化しなん」
昭和二十年七月二十六日
あと　たった二十一日命長らえたら
どんな春が開けたろう
戦争をどんな眼で眺めたろう

「たはけ奴《め》の撃つ十発は男の子吾が胸板貫くもまことは貫けじ」
一九四八年六月二十三日（日本国憲法施行から一年余たっています）
インドネシア・グロドックの絞首台を上っていった
董《とう》長雄を　いま誰が覚えていよう
殺したから殺されたのだ　とするなら
殺せ！　と命じた者はどうなったのか
同年十二月二十四日　岸信介らA級戦犯容疑者釈放さる
遺稿に「本職ハ台湾人デアル。ソシテ国家ノ所属ガ変ツテモ、本職ハ日本軍人トシテ死ンデ行キ度イノデアル」
と書いていた　台湾人　董長雄
あなたの刀の切先は　インドネシアの友へではなく
あなたの国を奪った　日本にこそ向けられるべきであったのに
絞られて一階級特進することすらなく
軍属のままに終った　董長雄

18　第五室（タイピンの土饅頭）

マレーシア・タイピンの土饅頭よ
いまは崩れてあとかたない
四十数年前の　土饅頭よ
いくつも　いくつもの　土饅頭よ

日本のケンペイタイによって刺され
半ば生きながら
土かぶせられてしまったひとたちよ

お父さん！
兄さん！
おだやかだった息子よ！
ああ　白髪のおじいさんまで！

緑の町に　とうめいな湖のある町に
荒荒しく流された
無辜のひとびとの血

殴られる
蹴られる

爪をはがされる
斬られる

見てしまったものは
どうして忘れられよう

あの　かすかにうごめいていた
土饅頭を

　　　　（せめて伝えてくれ
　　　　このことを伝えてくれ）
螢飛び交う　土饅頭を
無念の　タイピンの　土饅頭を

19　第五室（白骨街道）

「ビルマ・タイ・インド」
三万五千八百八十二体
（実際の死者は陸海軍人軍属のみで
ビルマ　十六万四千五百人
タイ、インド　二千四百人
計　十六万六千九百人）

殺されたビルマ人は　不正確で五万人
インド人（ベンガルで）餓死者百五十〜三百五十万人
ビルマとタイを結ぶ泰緬鉄道の工事に　枕木の数ほどのロームシャの
死

●

白骨街道という
大将になりたい一人の男の思いついた
インパール・コヒマ作戦によって
雨季のビルマの　アラカン山系で
チンドウィン川の渡河点で　どぶ泥のデルタで
累累　死んでいった兵士たち――
　砲弾に　千切れ
　山腹の穴のなかで　溺死し
　自動小銃で　胸つらぬかれ
　マラリヤに冒され
　傷ついて遺棄され
　なお生きながら全身に蛆《ウジ》たかり

オカアサン
カアサン
カアチャン

白骨街道という
　清水の溜り場に
　折り重なった白骨たち
命令が　あなた方をかり立て

白骨街道という
　ジャングルのなかで
　軍服のまま骨となり
竹林のなかで　腐乱し

しかし　将軍は帰ってきた

のうのうと
後方から　進め　攻撃　の命令だけ下して
それから幾度も幾度も　月はまるくなり
天寿を全うして　将軍は死んだ
ベッドの上で　医師と家族に看とられて

白骨街道の白骨たちは
その日　微微とも動かなかった
蠅と虻が　常と同じように　飛んでいる　だけであった

20　第五室（ウー・トゥンヨンじいさん）

ウー・トゥンヨンじいさんは　死んだ

山深い　チャウタロン作業キャンプで
骸骨のように　痩せさらばえて

ジャングルのまっただなか
吹きしぶく雨のなかを
竹藪を切り払う
盛りあがった岩まじりの土を掘り崩す
へこみは土を埋める
埋めた土を泥水が押し流す　木の株にぶつかってよろめく
「コラ、ビルマ、歩け、歩けえっ」

ウー・トゥンヨンじいさんは発熱している
雨に濡れながらひどく火照るからだに　日本兵の生竹が飛ぶ
「コラ　ビルマ　イカンゾー」

キャンプへ戻って休んだら
心配する仲間に　じいさんは激しく首を振る
「わしは帰らん　仕事はやれる」

じいさんは知っているのだ
発病し　作業に出なかったものの行末を
まず　食事の配給が止められる
四日たって治らなかったら
ジャングルの奥の〈病院〉へ送られる
〈病院〉から帰ってきたものは　ない

だから　よろめいても　生竹で背骨をバシバシなぐられても
泥水のなかを　火照るからだで　じいさんは石を運んだ
六十を過ぎた　ウー・トゥンヨンじいさん

東のはての　小さな島から
どかどかと　ニッポンがやってきて
「線路を作れ」というまでは
貧しいながら　クンディービンの村で
孫たちに囲まれ
いま頃は　トマトやキャベツ　ナンナン*を取り入れる時期だ

だが　その村も　荒らされてはいなかろうか
器量よしの孫娘は　やつらに辱しめられてはいなかろうか
どうあっても　どうあっても　帰ってみせるぞ　なつかしい村に

ウー・トゥンヨンじいさんが死んだのは
ジャングルの夜明けがた

一枚のぼろアンペラにくるんで

仲間たちが　森の入口に埋めたが
つめたい　白い霧が
いちめんに立ちこめていた　その日を
なんにちと誰も知らない

＊ナンナン……パセリの一種

21　第六室（飢えの島）

「中部太平洋、ニューギニア、ソロモン諸島、ビスマルク諸島」
五万三千九百体
（実際の死者は陸海軍人軍属のみで
中部太平洋　十九万七千六百人

ニューギニア　二十一万二百人
ソロモン諸島　八万八千二百人
ビスマルク諸島　三万五百人
マーシャル諸島など　一万二千九百人
計五十三万九千四百人）

●

この地の住民の死者数は分かりません
ロームシャとして　道路作り　飛行場作りに使われ
道案内を強要され　逃れようとして斬られたものもいます

●

ひそひそと　ひそひそと
戦のさなかにさえ　ささやかれた
島の名　ガダルカナル

そう　ガダルカナル
（ガダルカナルでは……………らしい…………………そうな…………………）

肝心のことばは聞こえてこないながら
何がなし　聞くものに戦慄をもたらした
島の名　ガダルカナル

太平洋戦争始まって翌る年の　秋
その島で　二万三千の　日本兵が死んだ

　絶えまない米軍の火砲に向かって
　地下足袋で白兵突撃
　瞬時に　屍の山となった
　天皇の赤子たち

飢えて　病んで
ジャングルのなかでハタリと息絶え
極秘の撤退のとき
もはや動けない兵たちは　自死の命を受け

（兵すらそうならば　飛行場設営のため
連行された軍要員は　朝鮮人徴用工は
いくたり　生きて帰ったろう）

●

森下一等兵　あなたは　その島で
一九四三年の正月に死んだ
飢え　マラリヤで　脳症となり
「きょうは　おっ母ちゃんが

ご馳走ばいっぱいこしらえて待っちょりますけん
この次のバスで帰してつかさい」
泣きじゃくり　泣きじゃくり
「このつぎの稲築行きは何時ですかっ」

森下一等兵　天皇によって狩られたあなたは
朝鮮の若者でした
遠賀川近くに生まれ育ち　狂っても
潤達な九州弁でわめいていたが
最後には　朝鮮語にもどり
ついに
「アイゴウ!　アイゴウ!」
絶叫して　死んでいった

あなたの際《きわ》のことばを

聴きとり得ぬまま
「アイゴウ！」
の美しさに　打たれたという
まわりの兵士たちも
つぎつぎ
飢え
死骸にたかる蛆まで食べたものも
目のふちを黒ませて　死んでいった
ひからびた死骸に
みるみる　蟻　吸血蠅がたかる

ガダルカナル　その島で
ひとびとは　壺をこね
その壺に山間《あい》の水を汲み
椰子の葉をふいた小屋に住んで

ゆったりとくらしていた
　（ゆるやかに　ゆるやかに
　　時はめぐり）

山腹を耕して　芋をつくり
熟したマンゴーの甘ずっぱい実をしゃぶり
祭の日は　青い海辺で夜どおし踊った
　（ゆるやかに　ゆるやかに
　　時はめぐり）

ガダルカナル
なぜ　そこへ攻めていったろう
二万三千の白骨たち　よ
なぜ　ここで朽ちねばならなかったか
ぶすぶすと呻いているのは　ジャングルを渡る風か　岸によせる波か

おえら方たちは　あなた方の死を教訓にしなかった
（戦争はそれから二年半も続いたのだ
　きりもなく　白骨をふやしながら）

22　三たび千鳥ケ淵で

三たび　千鳥ケ淵にきました
夏は終り　かすかに雨が降っています
濠の水は　緑に淀み
サルスベリの花がところどころに咲いています
濠沿いの道を
肩組み合って若い男女が歩いていく

アタッシェケースを提げた背広姿のセールスマンが過ぎていく
私だけが　墓苑へと曲る
堂の上を　大きなカラスが飛んでいます

この夏はどうだったでしょうか
手を合わせ　地下の白骨たちに尋ねます
（白骨たちはコトリともしません）

ガダルカナルでは　日本車が走りまわり
ホテルには日本料理店まであるそうです
日本にくるフィリピーナは一万人余
日本の男たちの下半身へのサーヴィスが仕事です
緑眩かったマレーシアの稲田には　巨大なヒタチの電子工場
白銀を滑走する日本の若者たちは　一日二千五百ウォン（八百円）で
韓国の娘たちが縫った　涙の滲むスキー用手袋を　なにげなく嵌め

私たちはさかんにバナナを食べています
空中散布の農薬に内臓を侵されながら
一日四十ペソ(五百四十円)で　ミンダナオの男たちが孜孜として
作らされているバナナです
(白骨たちはコトリともしません)

棺に閉じこめられ
名はありながら　名のなくなった
骨たちよ
そんなところに　閉じこめられていてはいけないのです
どうか出てきて　累累とその姿を　生者の眼にさらして下さい
三十二万一千六百三十三体の　あなた方
押しこめられて生き　そして果て
今も押しこめられていたくない　と
この骨を見てくれ　と

されこうべを震わせて
ぞろぞろと　ぞろぞろと　ぞろぞろと
どうか　地上を歩いてください

（白骨たちはコトリともしません）

あなた方は静かなのに
では　あれは何
あの　遠く　地を揺るがす音は
はるか　波の　揺れる音は

〈呼バレナイカラコソ行クノダ〉
〈ソウダ　呼バレナイカラコソ　ドウシテモ〉
地を這う　声
波を伝う　声

あれは　あの声は
千八百八十二万人　朝鮮の　中国の
フィリピンの　インドネシアの
ベトナムの　ビルマの
ニューギニアの　マレーシアの　シンガポールの
サイパンの　ブーゲンビルの　タイの
グワムの
日本兵に殺された　あなた方
餓死した　あなた方

ひたひたひた
ひたひたひたひた
ひたひたひたひたひた
ひたひたひたひたひたひた
ひたひたひたひたひたひたひた

ひたひたひたひたひたひたひたひた　ひた
（ヒトノ命ノナンデアルカヲ）
（ソウダ　ヒトノ命ノナンデアルカヲ）

ひたひたひた　ひたひたひたひた
ひたひた　ひたひたひたひた　ひたひた
ひたひたひたひた　ひた　ひたひたひたひた
（見エナイナラ　見エルトコロマデ
ソウダ　見エルトコロマデ）

地を　這う声
波を　伝う声
（ヒトノ命ノナンデアルカヲ
ソウダ　ヒトノ命ノナンデアルカヲ）

血のにおいがしてきます
ひたひたひた
ひたひたひたひた
ひたひたひたひたひた
ひたひたひたひたひたひた
ひたひたひたひたひたひたひた　ひたひた
ひたひたひたひた　ひたひたひたひた　ひたひたひた
ひた　ひたひたひたひた　ひたひたひたひたひたひた　ひたひた

（白骨たちはコトリともしません）

いくど春がきてまた春がきて

いくど春がきて　また春がきて
解放《ヘバン・ウイナル》の日から四十年目の春がきて
しかし　いくど待てど春のこない
おびただしい　無念の骨たちの
呻きと怨みは
いつ解放の日を迎えるのか
ほんの少しでも　あれから眠れることがあったのか

北海道計根別《けねべつ》飛行場建設場
（地図でやっと探しあてた　計根別

日本人のほとんどが一生行くこととてない地で
たくさんの朝鮮人が〝キショウ!〟(起床)となぐられ
棒で突かれても起き上がってこないものは
腹だけふくれて死んでいたのだった
いま　はじめてその名を知る計根別で)

福岡県田川近くの大峰、古河鉱山
(その地のどこに埋まっているか
ケーブル線でなぐられて死んだ
全羅道のひと　よ
連れ去られるとき　オモニが
こっそり手渡した　いくらかの金
帽子のなかに隠していたのをみつかり
なぐられ　なぐられ
水をかけては　またなぐられ

はかなくなった　ひとよ）

⑴事務員全部殺せ
⑵私の尻の骨が見える
⑶私の尻がなくなった忘れないよ
函館市新浜町所在函館船渠会社
移入朝鮮人労務者寄宿至誠寮便所内に
らくがきして捕まった　松本栄万
特高月報に日本名で記されたあなたは
生きながらえ得たか
骨となったか

長崎市下大橋下水溝わきの飯場
（爆心地近く）
あなたがたは　百人ほどはいたという

板囲いして畳もない　バラックに連行され
それぞれが「三菱重工」傘下の部署で
手投げ弾作っていたか　魚雷作らされていたか
地下兵器工場建設工事でもっこかつぎしていたか
「三菱重工」はいっさい口を閉じたまま
あなたがたは　灼かれ
ひとかたまりの灰となって
いまは　道路の下に
日日　けたたましく車に踏まれ

炭鉱の採炭に　トンネル掘りに
ダム工事に　枕木の伐採に
工場の建設に　飛行場作りに
鉄道工事に
どこへ行っても必ずぶつかる

あなたがたの　労働のあと
あなたがたの骨の上を
今日も私たち「釜山港に帰れ」聞きつつ車を走らせ

百十九万九千余人という
（朝鮮人強制連行者の総数）
たった一年間で　炭鉱だけでも　五万余人が死傷しているという
名さえ分からない
年さえ分からない
百万のうちのたった一人さえ
追ってみることもなく
一茎の花手向けることもなく
四十年　私たち過ぎてきて

いくど春がきて　また春がきて

あなたたちの骨は
日本の各地に埋もれ
朝鮮全土に埋もれ
それのみか　大日本帝国軍隊が劫掠した全ての地に
あなたがたの骨は埋もれ

硫黄島　サイパン　ガダルカナル
テニヤン　タラワ　沖縄
陣地作りに　防空壕作りに
「軍要員」として連行され　戻ることなかったひとたち　よ
田植えのまっさいちゅう
「チョット来イ」とトラックに乗せられ
遠い南の島で　骨となってしまったひと　よ
あなたがたの名も数も　わからないままで

慶尚南道出身の光山文博さん
あなたの本名は分かりません
操縦桿を握って
あなたは発っていったのですね　知覧から
「たらちねの母のみもとぞしのばるる弥生の空の春霞かな」
あなたの国を強奪した　日本を護るために
あなたは　あなたのオモニが育んだたった一つの命を
海へ散らしたのですか

あなたを狩りたてたものたちは
いまも　平然と生き続けて
しっかりと次代にバトンを渡して
何やら計りごとめぐらしています
（海の底から　つめたい海の底から
かすかに聞こえるのは

あなたのされこうべが磨りへる音でしょうか）

そして　七人のあなたがたのことが分かっています
（朝鮮人慰安婦推定十七万から二十万人のなかの）
あなたがたの命日は
一九四四年八月三十日
ビルマ国境に近い中国雲南省騰越の日本陣地で
玉砕の道連れにされた　あなたがた
きよらかな娘だったあなたがたが
ただ桃の花のように美しかったために
欺されて狩られ
日本帝国軍隊の血ぬれた男根の餌食となった
負け戦となるや　傷兵らの大小便の世話までさせられ
「日本の内情が知れわたることを恐れるため」
壕で眠っているところへ

手榴弾二発　投げこまれた

ああ　いくど春がきて　春がきて
解放の日から四十年目の春がきて
夜も　昼も
呻きつづけている
あなたがた　無念の骨たち
眠りたいが　眠れない
無念の骨たち
　（一茎の花手向けることもなく
　溢れる「物」のなかに　私たちくらして）

1995・千鳥ケ淵で

小さな星の
小さな島に
幾万年　日は昇り　日は沈み
数えきれない　はる・なつ・あき・ふゆ　があって
ムクドリは　今日も　草の実を啄《ついば》み
はる　コンクリートの割れ目にも　タンポポの花は咲いて
あき　高原にマツムシソウの花は　ゆれ
一輪の花の開花に　胸どきどきする
少女がいて　少年がいて

（そう　いつの時代にも
頬ほてらせる　少年がいて　少女がいて）

でも　半世紀前
この小さな島の人間たちが起こした戦争によって
命絶えていった
数えきれないほどの　少女がいて　少年がいて

（たとえば　日本軍に拉致され
はるか南の島で性奴隷にされて
「どうして……このような目に」
問うまもなく　砲弾に裂かれてしまった
馬山《マサン》の少女）

（たとえば　人類初の核爆弾に

内臓を破壊され
「なぜ人間は戦争せにゃいけんのか」
問いながら　死んでいった
　ヒロシマの少年）

そしていま
私たちは知っています
地球という　この小さな星に
ヒトが誕生してから
長く長く　武器もイクサもなかったこと　を
森には森の幸　海には海の幸
海は青うく　川は澄み
ヒトはつつましく
風にも　樹にも　カマドにも　神を見たことを
クニというものがなかったから

ヒトの往き来は　思いのほか遠く広がっていたこと　も

かぎりなく進んだ　とおもっているうちに
途方もなく退化しているのでしょうか　私たち
ただ忙しく走りまわっているつもりで
未来の子どもを
踏みつぶしているのでしょうか　私たち

小さな星の
あちこちで
今日もまた　幾万年目の
日が昇り
一人一人の
いじらしい夢が生まれ
希望が生まれ

産卵するイワシがあり　サケがあり
真紅に色づくナナカマドの実があり　マユミがあり
冬ごもりするクマがいて
　〈本気《ホンキ》デイノルナラ
　イクサナンテ　ナクナルヨ〉

ちらりと呟いて　見えなくなったのは
シオカラトンボ　か
メダカの子ども　でしょうか

小さな星の
小さな島で
幾万年目かの夏に
半世紀前に　殺され　ものいわない白骨となった

数えきれないほどの　人々のなかから
せめて
一人の少女　の
一人の少年　の
面影を
そっと　胸のなかに蔵いましょう

「どうして……こんな目に」
「なぜ人間は戦争せにゃいけんのか」
もう決して大人になれない
二人の問いが
この島に　この星に
大きく　深く　谺《こだま》するようになったとき
数えきれないほどの　死者たちに　捧げる
花一輪

ようやく見つけられるのでしょうか　私たち
小さな島が　小さな星が
そのとき　ようやく
柔かく　青うく
かがやきはじめ
キリンの　モミジの　ヒトの　子どもたちの
かわいい笑いごえが
まっすぐ天へ響いていくのでしょうか

ひとつぶの風となって　せめて

――マレーシア無辜生命鎮魂詩

〈タイピンの土饅頭〉

マレーシア・タイピンの土饅頭よ
いまは崩れてあとかたない
四十数年前の　土饅頭よ
いくつも　いくつもの　土饅頭よ

日本のケンペイタイによって刺され
半ば生きながら
土かぶせられてしまったひとたちよ

お父さん！
兄さん！
おだやかだった息子よ！
ああ　白髪のおじいさんまで！

緑の町に　とうめいな湖のある町に
荒々しく流された
無辜のひとびとの血

殴られる
蹴られる
爪をはがされる
斬られる

見てしまったものは

どうして忘れられよう
あの　かすかにうごめいていた
土饅頭を

（せめて伝えてくれ
このことを伝えてくれ）
蛍飛び交う　土饅頭を
無念の　タイピンの　土饅頭を

●

知らなかったこと
知らなければいけないこと
知って

忘れてはならないこと
伝えねばならないこと

四十数年まえ
マレーシアで起きたこと
ひるがえる日の丸のもとで起きたこと

〔大本営海軍部発表〕
わが軍は陸海緊密なる協同の下に本八日早朝
マレー半島方面の奇襲上陸作戦を敢行し着着
戦果を拡張中なり

一九四一年一二月八日未明
第二五軍司令官山下奉文中将率いる日本車
マレー半島上陸

翌一九四二年二月一五日シンガポール陥落とともに
第五師団にマレー半島の「治安粛清」担当を命ず
第五師団各部隊は　マレー各地を移動
約一カ月間　集中的に「敵性分子」を殺害
「敵性分子」とはなにか
第二十五軍作戦主任参謀・辻政信中佐より
「いかがわしき住民はすべて剿滅《そうめつ》せよ」との
口頭命令が出されていた
剿滅とは滅ぼし尽くすことだ
「いかがわしき住民はすべて剿滅せよ」
「スベテ剿滅セヨ」
大日本帝国という大強盗団は
この国の資源が根こそぎ欲しかったのだ
中国人民の根強い抵抗にあってどうにもならなくなっている
もう一〇年続いている侵略戦争の打開のため

陸軍省は自らのべている
「マレー半島占領の最大目的は、この地における資源の獲得である」
「南方占領地域において日本の取得したい資源は沢山あるが、その主なものは石油、ゴム、錫《すず》、銅、ニッケル、亜鉛、クローム、マンガン、ボーキサイト、鉄鉱石などである」

中国への強盗の戦争で　資源が尽き
その資源をまた　強盗行為で手に入れようとする
それが「大東亜共栄圏」の実《まこと》の姿であった

そして　今日
私たちの胸に刻みつけねばならない
マレーシアの　とある町の名　とある村の名
その町に　その村に　住んでいた　ひとたち

ふかく　心に
涙とともに　刻みつけねばならない
日本軍に　だしぬけに折られ
つぶされた　おびただしい　いのち！

〈消えた村〉

消えた村
いいえ　消された村
いまは　ただ
一面の草と　ぽつぽつと生える木と
さみしい丘と
過ぎていく風ばかり

だれが知ろう
このぼうぼうと草繁る地に
かつて美しい村があった　と
米がとれ
バナナが実り
砂糖きびの葉がさやぎ
黄梨畑が続き
清らかな空気のなかで
ひとびとは　つましく穏やかに働いて
夕べには鍬をかついで帰り
おじいさん　おばあさん
お父さん　お母さん
たくさんの子どもたちが
賑やかな食卓を囲んだ　と

だれが知ろう
いまは　風だけが吹いている
川のそばの荒地に
かつて　大きな雑貨屋があり
そこで働きものの若い嫁さんが
いつも笑顔で応待していた　と
生まれたばかりの末の孫を抱いて
白髪のおばあさんが店先で椅子に腰かけ　通る村人に声をかけていた
と
錫ほりに来ている若い労働者が
煙草を買い　赤んぼうのホッペタを突ついて帰っていった　と

だれが知ろう
その　風だけが吹いている荒地に

かつて　村人の往き交う大きな道があり
その道に近く
ウリや野菜をつくっている農家があって
夫婦仲むつまじく
四人の娘たちはみな　愛くるしい目をしていた　と
その隣の家には　背の高い次男坊がいて
ゴム園ではたらき
隣家の愛くるしい目の姉娘に恋をしていて
姉娘の心も　飛ぶ雲のようにはずみ
若い二人は離れて働いていても　いつも相手を想って
ふと　ひとりで頬を赤く染めていたのだ　と
だれが知ろう
ああ　だれが知ろう
いまは　あとかたない
マレーシア・ネグリセンビラン州

山中にあった　イロンロン村　よ
いまはただ　一面の草に
ぽつぽつと茂る木々
さみしい丘に
風だけがぼうぼうと通り過ぎていって

なぜ
どうして
なにがあったのだ
イロンロン村はなぜ　消えたのだ
雑貨屋の赤んぼうは　どこへいったのだ
錫ほりの労働者は　どこへいったのだ
仲むつまじい夫婦は
恋をそだてていた若い二人は　どこへいってしまったのだ
一夜で

たった一夜で　消えた村

大日本帝国の軍隊が村に来たのです
一九四二年三月一八日
日本軍がイロンロン村にやってきた！

●

三月一八日
大勢の日本兵が自転車に乗ってやってきた
「戸口調査をするので
証明書を持って全員　学校へ集まりなさい」
やつらは言った

鬼ときかされ
虎とささやかれていても

女とみれば犯す　と噂は伝わっていても
戦《いくさ》とは別世界の
この桃源の村で
つつましく　日々くらしていたものたちが
いわれなく　一夜にしてみな殺しにされると
どうして思い及ぼう

ああ　私たちは出かけた
仕入れから戻ってきた夫も
おばあさん　九つの光慶も
四つの秀梅は砂糖きびをかじりながら
私は赤んぼうの秀玉をだいて

ああ　私たちも出かけた
すぐ戻ってくるつもりで

鶏も小屋に追いこまないまま
娘たちは道々すきとおる声で合唱して
妻と私はほほ笑みながらその後ろを歩いて

ああ　若い私たちは出かけた
そっと肩を寄せ合い
道辺に咲く紅色の花を　私はふと摘んで
恋人のつややかな黒髪に挿してやり
まあ　ありがとう
愛くるしい瞳ははにかんで笑って
私たちの心は幸せに染まり

ああ　それは地獄への道であったのに
ゆめにも知らず　私たちは穏やかに歩いていったのだ
村人たちは　それぞれに歩いていったのだ

見納めになる風景とも知らず
数時間後に私たちの血が大地を覆うとも知らず
澄んだ空気のなかを　少しの不安もなく
学校へ向かっていったのだ

●

「二〇人ずつ分かれて　戸口調査をするから
それまで待つように」
学校で　私たちは言われました
日本兵が二〇人ずつ　連れて行くんです
「どこで調べるのかしら
ここではやれないのかしら」
そっと夫にささやきました
「よそから誰かをかくまっていないか　調べるんじゃないか」
そうかもしれない

それなら私たちは家族だけ　簡単にすむでしょう
喫茶店の李さんのところでは
最近　親戚から預かったという娘さんを置いているけれど
女の子だから抗日軍の疑いはかからないでしょうね
ただ　花のようにきれいな娘《こ》だから　目をつけられなければいいけれど

探すと　もう李さんたちはいませんでした

そして　私たちが呼ばれました
近所の人たちが十数人いっしょ
日本軍に囲まれ
村の外れ近くまで列になって歩きました
日は暮れかかってきていました
少し不安な気がして　夫を見ると
それが気配でわかったのか

夫は私を見て　安心おし　というように微笑んでくれました
日本軍が怖いのを知っているのでしょう
いたずらな光慶も　四つの秀梅も　黙っておとなしく従《つ》いて歩くんです
民家から少し離れたところに
板囲いの粗末な小屋があります
そこに入れ　といわれました
全く日本軍ときたら勿体ぶってこんなところで調べるのか
腹立たしいけれど、すぐすむことだから　と自分に言いきかせて
泣きだした赤ちゃんをあやしながら　木小屋に入っていったんです
もう二度と出てくることはないなど　夢にも思いませんでした

〈合唱〉
　殺されたものたちは　眠れない
身は焼かれ　あるいは野犬の餌食となり

何十年　土中に埋まって
だれとも分からぬされこうべとなっても
殺されたものたちは眠れない

千秋万秋の怨みをだいて
暗い眼窩の奥に千秋万秋の涙をためて
殺されたものたちは
いまも　のたうち　呻き
二度と朝が来ない　苦しさに
まんじりともしない　長い長い時を過すのだ

●

小屋のなかに入ると
日本兵たちの態度が変わりました
それまでの無表情が

ひどく引き攣《つ》った　残忍な顔に変わったんです
私たちの倍はいたでしょうか
その一人一人が　銃剣をぎらつかせて
私たちに　ひざまずけ　といいました
二人の子も　おばあさんも　夫も
私は赤ちゃんを抱いたまま　ひざまずきました
胸がどきどきして　いやなことが起こらないように　必死で祈ってい
　ました
と　背後で途方もない大きな声で一人の日本兵がどなったんです
「殺《ヤ》レェー」
逃れるまもなく　二人の子をかばう暇さえなく
それからすぐ　私たちはめったやたらに刺されました
いとけない頸《くび》を刺された秀梅は
泣き叫び　さらに軍刀で刺されて
私の目の前で死にました

私も血がどんどん流れ
霞む目に　倒れている夫とおばあさんと
ひくひく動いている光慶が見えました
日本兵が
しっかり抱いている赤ちゃんを奪おうとし
やるまいと　必死に争いましたが
ぐうっと咽喉を刺され
なにもかも分からなくなっていきました

〈合唱〉
　殺されたものたちは　眠れない
　千秋万秋の怨みが
　あの日からずっと　続くから
　たったの一日も　眠れない

殺されたものたちは　眠れない
どうして眠れよう

暗い眼窩の奥に　千秋万秋の涙をためて
あの日からずっと
殺されたものたちは眠れない

●

ナントシテモ生キヨウト
ボクハズイブン　ガンバッタケレド
オ父サンガ殺ラレ
オバアチャンガ殺ラレ
秀梅が殺ラレ
オ母サンモトウトウ動カナクナリ
ソシテ　赤チャン

ボクラノ家ノ宝物ヲ
オ母サンカラ奪ッタ　ヤツラハ
一人の厳《イカ》ツイ兵隊ガ「貸セ」トイウヨウニ
赤チャンヲサライ
悪魔ノ笑イヲ浮カベテ
赤チャンヲ高ク放リ投ゲ　落チテクル赤チャンヲ
銃剣デ刺シ貫イタノダ

ボクハ　体中カラ血ヲ噴キ出シテイタケレド
デモ　コノ目デ　ハッキリ見マシタ
赤チャンモ殺ラレ
ボクガ生キナケレバ
ボクガ生キナケレバ　ト
ボクハ随分ガンバッタケレド
トテモトテモ体ガ冷タクナッテキテ

息ガデキナクナッテキテ
ト　「お　こいつ　まだ動いてやがる」
トデモ言ッタノカ　日本兵ノ声ガシテ
マタ刺サレテ
トウトウ　ボクハ駄目ニナッタノデス

●

その夜　イロンロン村は
天の怒りのように
大雨が地軸も裂けよ　と降り
雷鳴が樹々を揺るがし
一四七四人の無辜の血が叫びとなって溢れ

つい少し前
幸せに染まっていた

若い恋人たちも
無残に切り刻まれ
やさしい指が黒髪にそっと挿した花も
日本兵の放った火のなかで　みるみる焼け

仲むつまじい夫婦も　疾《と》うに息絶え

ああ　イロンロン村
たった一日で消された　村
ここには　一四七四人の冤魂《えんこん》を　伝える
日本鬼子《リーベンクイズ》の蛮行を伝える
たった一人の生き残りもいないのだろうか
魔の所業は
殺戮のあと彼らの放った　火とともに
どおーっと炎えあがり

ほどなく灰となって　永遠に隠されてしまうのか

いいえ
そんなことがあっていいわけはない
天がどうして　それを許そう

生き残ったものは　僅かにいたのです
一四歳の蕭嬌を連れて逃げた　一九歳の蕭月
〈日本兵は　花姑娘《クーニャン》を探し強姦するという
どうあっても辱しめを受けたくなかったのです〉
鐘月雲も山に隠れ
明けがた　よくやく廃墟の村へ降りてきた
〈ハラワタが裂かれている死体がありました
まだかすかに息のあるものが
母を　父を　呼んでいました〉

日本兵に手招きされ　夢中で逃げた　九歳の蕭雲
〈全ての縁者を失った私は
　夜は樹の上で眠り　昼は畑の芋を盗み
　野人のようにくらした年月がありました〉
十三刀浴び　血みどろのからだで逃れた蕭観吐
〈私の心は　一点の恐怖もなく　ただ仇恨の
　思いでいっぱいでした〉

●

そして
ひとりの母の
海よりも深い愛が
ひとりの女の子を救いました

〈ひとりの女の子

蕭招娣
八つだった女の子
そしていま　五四歳の彼女は語ります〉
あの日
私たち一家は　学校から押し出され
分かれ分かれになって
母と私は　ある民家に押しこめられました
父は祖父は叔母は　姉たちは
どこへ連れられていったか　わかりません
母と私　あと隣近所の人たち何人かと
おしこめられた民家で
ひざまずかされ
後ろには日本兵が並び
「カカレェッー」
一人の兵士が号令し

たちまち背後から日本刀がおそってきた
最初の一太刀で左腿を突き刺され
悲鳴をあげる私を　母は急いでしっかりと抱いて
懐のなかにかかえこんでくれたのです
次々と襲ってくる刀は　一つ一つ母のからだを突き刺し
血まみれの母は　呻きながら喘ぎながら
それでもしっかり私の盾となり
脅え　泣きかける私に
「叫ブンジャナイ
　動クンジャナイ
　泣クンジャナイ」
か細い声で必死に言ってくれたのです

ひとびとは　血だまりのなかに倒れ

家畜のように殺され
なお傷口からとめどなく血がながれ
母も　物言わぬ亡きがらとなり
日本兵たちは　引き揚げていって
黒い黒い夜が来ました

どうしていいか　八つの私はわからなかった
ところが　あちこち傷を受けながら　生き残っていた
一人のお姉さんがいたのです
お姉さんは　私に気づくと
〝泣いてはだめ　声をあげてもだめよ〟
そっとささやいてくれて
それから　そろそろと　そろそろと　私を連れて　民家を脱け出し
裏の山へと　這うようにして　逃れたんです
そして一晩中そこで

炎えだす　私たちの村を眼下に見ていました
やがて烈しく雨が降りだし
稲妻が闇黒の空を裂き
それは殺戮された　イロンロンのひとたちの
母や父たちの　姉妹たちの
やるかたない憤怒の絶叫のようにもきこえました

〈合唱〉
　消えた村に吹く風　よ
　どこまでも伝えてください
　この母の　愛の力を
消えた村に立つ樹々　よ
その揺れる葉でたたえてください

この母の　愛のつよさを

消えた村の上を流れる雲　よ
どこまでもどこまでも伝えてください
救われたひとりの女の子の語る　惨劇を
その母の　愛の力を

〈一枚の家族写真〉

イロンロン村
それはマレーシアで
心に刻まねばならない　たった一つの名？
たった一つの消えた村？

いいえ
あそこに　ここに
あの村に　この町に
涙も枯れる殺戮があって
幼い子どもたちが放りこまれた
古井戸があって
拷問のあと犬のように屠られた　ひとたちがあって
遊撃隊を無事に逃し〝中華万歳〟と叫んで
死刑となった　うら若い娘がいて
いまも　地の下に
たくさんのされこうべが
その眼窩の奥に
千秋万秋の怒りをためて
たくさんの　ばらばらの骨が
千秋万秋の　憤怒を燃やして

心に刻みたいが刻みきれない
おびただしい　村の名
おびただしい　無辜のいのち

●

だから　せめて
知ってください
今はないクアラピラー・カンウェイ村を

惨劇から四〇年後に
つぎつぎと掘り出された
物いわぬ　されこうべを
ああ　たくさんの布袋に
大きな棺に
はみだすほどの骨が

「日本軍鉄蹄統治のもとの残酷暴行
強姦・蹂躙・集団屠殺等
惨痛の歴史はもって忘れ難し」
と碑は記している

「日本皇軍橋本少尉領隊
カンウェイ村　成人四二六名
小孩《はい》二四九名
計数六七五名無辜の生命を屠殺
心霊の憂怨　ただ言葉なく蒼天に問うのみ」
とも

きいてください　せめて

掘りだされた　おびただしい　されこうべの
だれとも分からない　されこうべの
ざくざくと　大地を揺るがす
声なき訴えを
一九四二年三月一六日早朝まで
ここは　静かな村だった　と
ゴム園やヤシ林に囲まれ
ひとびとは　豊かに　聡明に　生きていた　と

見て下さい　せめて
一枚の家族写真を
若くスマートな父は少し首をかしげて後ろに立ち
整った面立ちの母は　膝を組んで妹を抱き
すぐ下の弟は　その母の背に手をかけて椅子に寄り
五人の目は希望にかがやいてこちらを見ている

なのに　幸せは一夜にして壊され
五人のうち四人は　物いわぬされこうべとなって
その父がどれか
その母がどれか
弟は　幼い妹はどれか
永遠に探すすべもない

だから　せめて
祈ってください
今はない　クアラピラー・カンウェイ村を
心に刻んでください　せめて
一枚の幸福な家族写真を

〈風となって　せめて〉

ああ　マレーシアのいたるところに
数々の碑は立ち
マレーシアのいたるところに
大日本帝国軍隊の悪業の跡があって

ここ　日本では
日の丸がまた　式日にひるがえり
その血のいろに向かって　子どもらは不動の姿勢になり

ああ　マレーシアのいたるところに
なお眠れない　たくさんのされこうべがあって

日本の企業戦士たちはぞくぞくタラップを降りてなにげなくその

地を踏み
日本の観光客もまた　軽やかに　ぞくぞくとその地を踏み

だが　マレーシアでは
かつて村があり　いまは荒れはてた草むらに
風だけが　涙のように吹いて

（殺されたものは蘇らないから
私たちになにができよう
ただ　心に刻み　祈るだけ
そして伝えるだけ）

一枚の幸せな家族写真　を
バナナ実り　米ゆたかだった　あのイロンロン村を
ひるがえる日の丸の下　不意につぶされた

幼い命たちの　今も続く慟哭　を

伝えていかねば
せめて

ひとつぶの涙のような風となって
伝えていかねば
せめて――

2005・卓庚鉉さんのこと

『千鳥ケ淵へ行きましたか』の5章「母恋うる歌」に載せた光山文博さんの本名を知ったのは、この詩を書いてから十年後だった。彼について取材し、記事にした、毎日新聞の岸井雄作氏がその記事（一九九三年八月十一日付『毎日新聞鹿児島版』）を送ってくださったのである。記事によれば、〝特攻おばさん〟として知られる鳥浜トメさん（当時八十二歳。知覧で「富屋旅館」経営）は、戦時中食堂だった「富屋」で開かれた、特攻隊員の別れの宴で光山さんについて忘れられない思い出を語っている。

一九四五年五月十日、陸軍特別隊第五十一振武隊の別れの宴で、歌を歌う他の隊員から一人離れて柱にもたれ、天井をみつめている若者が、光山さんだった。トメさんが、「光山さんもなにか歌わんね」とうながすと、恥ずかしそうに帽子で顔を隠しながら低い声で、「アリラング、アリラング、アラリヨ」と歌いだしたという。

「故国・朝鮮の歌「アリラン」の哀しみを帯びた調べは広間にしみとおり、トメのすすり泣く声が重なった。翌十一日早朝、知覧基地を飛び立った光山は、もちろん二度と還らなかった。」

それから三十八年後（九三年五月）、旧陸軍航空隊特別操縦見習士官の九州・山口生存者で作る「九州・山口特操会」により光山文博の遺族が確認され、光山さんの本名もわかった。すでにご両親は亡くなっていたが、従弟の孫が健在であったという。

本名・卓庚鉉。韓国慶尚南道泗川郡が故郷で、京都薬学専門学校（現京都薬学大）卒の特操一期生。

遺族への補償をなんとかしてあげたい、という同期生の方の談話も載っていた。

記事には、卓庚鉉さんの写真も載っていた。飛行服を着てやや横向きのその顔は童顔で、まだあどけなさが残っている。他の日本人特攻隊員から一人離れ、明日に迫った死の前で、なにを思っていたのか。考えるだにせつなく、追悼の詩を書いた。

そのひと

そのひとは
帽子で顔を隠し
低い声で静かに歌った
アリラン　アリラン　アラリヨ

ひとり　他の隊員から離れ
ポツンと柱にもたれていたひと
爆弾を抱いての出発は
翌一九四五年五月十一日早朝

再び知覧には戻れなかった

卓庚鉉さん
あなたの本名を知ったのは
今年
あなたが逝って五十三年目の春

あなたを知ったのは
十三年前
「たらちねの母のみもとぞしのばるる弥生の空の春霞かな」
あなたが遺した一片の歌からです

「光山文博
慶尚南道出身京都薬学専門学校」
とのみ記されてありました

卓庚鉉さん
まだ童顔のあなたを死に追った日本が
アジア各地にヒノマル立てて
また出動しようとしています

あなたの骨の在り処《か》もわからず
あなたへ　あなたの遺族へ
何一つ　謝罪もされぬままに
おそらく遠い南の海底に
沈んでしまった　あなた

卓庚鉉さん
あなたは今
しいんと静かだけれど

あなたの歌ったアリランが
あなたの特攻機の爆音が
深夜　耳にひびいてきます

（あなたたちは忘れても
わたしたちは忘れないよ）

ささやいているのは
南の海の魚たちか
それとも　地中深く流れている
太古からの水でしょうか

その卓庚鉉さんに〝再会〟したのは、二〇〇〇年春。会ってはいけない場所、いてはいけない場所に彼はいた。靖国神社遊就館に彼の写真が陳列されていたのだ。「英霊」といわれ、「ミコト」にされて。こここでは童顔の彼は、飛行服を着て少しはにかんだ表情で正面を向いていた。二十四歳と記されてあった。

大日本帝国にむりやり駆りだされ、「東洋鬼《トンヤンクイ》」にされ、その挙句たった一つの命を亡くした日本の若者たちが次々「神」にされていった靖国神社。今またパクリと口を開けて新しい「神」を待ちかまえているかもしれない神社。そんなことはしらずにか、折から境内は千代田区のさくら祭りで、さくらは今が盛り、屋台があふれ、たくさんの老若男女が楽しげに宴会を開いていた。

遊就館の解説は、終始、日本がおこなった明治以後のアジアへの侵略戦争を正義の戦争のように称えている。アジアの人びとを袈裟懸けにした日本刀も陳列してあった。数年前、中華系マレーシア人の方々がここを訪れ、「私たちを刺した日本刀が陳列されている!」と震え、激怒されたという。

「アジアの戦争犠牲者に思いを馳せ心に刻む集会」に招かれた彼ら

は、いずれも山深いおだやかな村で暮らしているところへ、不意に現われた日本軍によって肉親はじめ村民すべて虐殺の憂き目にあった。証拠を消すため村落すべても焼かれ、辛くも生き残ったとはいえ、以後苦難の日々をすごしてこられた。自分を抱いてかばってくれた母親の背中に突き刺された日本刀が、母親の体を貫通して自分の背中に突き刺さり、その傷跡がいまだに幾カ所も残っていると、敢えて集会で衣服を脱ぎ、見せられた方もいた。

そのような蛮行を今なお「正義の戦争」と肯定する神社に、「光山文博」の名で、ガラスケースの中に囲われている卓庚鉉さん。実は朝鮮人学徒兵で、日本人学徒と違い、遺族にはなんの沙汰もなく、死後も差別されていること、人を殺すのではなく人を助ける学問、薬学を学んでいたこと、「志願」といっても強制に近く、本当はどんなにか生きたかったろうこと、祖国の解放を見たかったろうこと、など一言も書いていない。戦争を知らない子どもたちが何の知識もなく見たら、国のために迷わず命を捧げたカッコイイ若者に見えてあこがれるかもしれない。
特攻隊は国家による殺人だといえる。前途有為の若者たちを煽って、人間爆弾にしたのだから。自国の若者さえ爆弾にして平気であれば、攻めていった国々のひとびとを人間として尊重するわけもなかった。

二〇〇〇年四月
あなたに会った
特攻服を着て　知覧から飛び立ったままの
あなたに会った

朝鮮人の
あなたに会った
殺されてなお
大日本帝国に捕まったままの　あなた

さくらは華やかに
ひとびとは賑やかに

この館を生まれ変わらせるのはいつ
あなたが眠れるときはいつ

弥生は過ぎ　卯月の空は青かった
二十世紀最後の春にあなたに会った

●

二〇〇五年正月、遊就館へ行ってみた。〇二年に新装なった館はますますおどろおどろしくなっていた。「ススメ　ススメ　ヘイタイススメ」の国民学校時代にタイムスリップしたような錯覚におちいる。明治以後の朝鮮・中国・東南アジアへの侵略戦争が「自由で平等な世界を建設するための避け得なかった多くの戦い」だったと厚顔にも説明してあるなかに、「靖国の神々」としてずらーっと小さく遺影が展示され、そこに卓庚鉉さんがいた。「光山文博」のままで。「昭和二十年五月十一日沖縄付近で戦死、朝鮮」と。

「弟の遺影を探しているのですが見つからなくて」という房総から来た女性に行き合い、いっしょに探してやっと見つかる。「志願なので、昭和十八年、たった十七歳で死んだのです。最後に家に帰ってきたとき、今度は桐の箱で帰ってくるよ、と言うので、そんな気の弱いこと言わないで生き抜く気持ちをもってなきゃあ、と言ったのですが。志願も、止めたけど聞かないで」と八十三歳の姉は嘆き、「ヨシちゃん、お姉さんだよ」と、ちょっと恥ずかしげに首を曲げた水兵姿の弟の、あどけない遺影の前で泣いていた。

国が勝手に起こした戦争のたびに「神々」がふえていく恐ろしい神社。侵略戦争へと国を引っぱって行った戦争責任者たちを「殉国の英霊」として祭り、称えている神社。そんな神社と知ってか知らずか、境内はさくら祭のときと同じく、数多く屋台が並び、初詣のひとびとで賑わっているのだった。そのだれもが、わが身の幸せ、わが家族の幸せを願って、手を合わせているだろうに……。

あとがき（花神社版）

千鳥ケ淵で、ふつふつときこえてきた死者たちの声を、ほんの少しでも掬いあげたくて、昨年一年を過ごしました。戦後四十年目でありました。そして彼らに重なり、彼らを圧するかのような、アジア、太平洋地域の、死者たちの怨嗟と慟哭の声声――。

巻末の著者たちの御本から種々引用させて頂くなかで、このようなものを何とかまとめることができました。この場を借りて、著者諸氏に深く御礼申し上げます。

出版社の大久保さん、装幀の熊谷さん、ありがとうございました。

千鳥ケ淵のさくらが咲く季節も間近です。花見からほんの少しずれて、この詩集を開いてみて頂けたら、ありがたいと思います。

一九八六年一月　　石川逸子

再びのあとがき（花神社版）

昨年八月一四日、朗読会「海の音」がこの詩集全篇を上演して下さいました。（藤沢市民会館、渾大防一枝氏演出）今年はまた同じく渾大防氏演出で、「ぴいろ企画」の方たちが八月一一～一三日の三日間、ドラマティック・リーディングをして下さいますが、（北沢タウンホール）戦後五〇年目の今でしめくくりたいとの渾大防さんにお応えし百行ほど追加、大久保さんにご無理をお願いして増補の詩集を出すことにいたしました。

千鳥ケ淵墓苑に収まる死者の数は三十三万六千四十五体、十年間で一万四千四百十三体が増えました。故国には戻ったが故郷には戻れない骨たち。大日本帝国によって虐死せねばならなかったアジア・太平洋地域の尨大な死者たちを悼む碑は未だたてられないままです。

心から心へ、この詩集がどうか伝わっていきますように。

一九九五年五月　　　　石川逸子

三たびのあとがき

戦後六十年目の初夏、緑繁る千鳥ケ淵墓苑を訪ねました。未だ、日本軍に殺されたアジア・太平洋地域の方々への謝罪の碑は全くないまま、納骨数だけは増えていました。

二〇〇五年五月三十日現在で、三十五万九百二十六体。十年前の表とくらべてみると、中国東北部、太平洋諸島、旧ソ連、モンゴルなど、さまざまな地域からの納骨です。

「帰りたかったよ、苦しかったよ！」と、どんなにか、その懐に飛びこみたかったであろう、彼らの母たちは、はるかに以前、尽きせぬ悲嘆のままに世を去られているでしょう。

今もなお、海外に放置されている遺骨は、軍人・軍属だけでも百万人を超えるといわれます。そのなかには、日本に植民地支配されたがゆえに、強制的に連行され、二度と故国にもどれなかった、あまたの朝鮮人、台湾人もいるでしょう。

そして、海峡を越えた韓国から次々入ってくる、元「従軍慰安婦」のハルモニたちの訃報。彼女たちへの真摯な謝罪と補償どころか、その存在をまるごと否定する現職大臣の妄言。

六十年前に大日本帝国がおこなった強盗の戦争の傷あとはなお癒えず、きちんと検証もされないまま、日本政府による憲法前文・第九条改悪への主張はますます声高になってきて、教育現場では、日の丸・君が代の強制が、息をのむほどのすさまじさです。

そのようななか、本詩集を再刊してくださる影書房の皆さまに、心から感謝いたします。

また、昨年で打ち止めになりましたが、一九九五年から十年間、「千鳥ケ淵へ行きましたか」全編をドラマティック・リーディングのかたちで公演してくださった渾大防一枝氏（劇団民藝）をはじめとする皆さまにも、感謝の念でいっぱいです。

ものいえぬ無念の死者たちの想いが、少しでも多くのひとびとに伝わっていくことを願いつつ……。

二〇〇五年六月

石川逸子

引用・参考文献

日本の歴史8　家永三郎編、ぽるぷ出版
アジアからみた「大東亜共栄圏」　内海愛子・田辺寿夫共著、梨の木舎
ひめゆりの塔をめぐる人々の手記　仲宗根政善、角川文庫
妹たちのかがり火（三巻）　仁木悦子編、角川文庫
証言　朝鮮人強制連行　金賛汀、新人物往来社
天皇の軍隊と朝鮮人慰安婦　金一勉、三一書房
戦没農民兵士の手紙　岩手県農村文化懇談会、岩波新書
地のさざめごと　旧制静岡高等学校戦没者慰霊事業実行委員会
三光　神吉晴夫編、カッパブックス
狂気　友情高志、徳間書店
狂風インパール最前線　菊池幘、叢文社
最悪の戦場に奇蹟はなかった　高崎伝、光人社
ガダルカナル戦記（三巻）　亀井宏、光人社
死の鉄路　リンヨン・ティツルウィン著・田辺寿夫訳、毎日新聞社
大東亜戦争殉難遺詠集　大東亜戦争殉難遺詠刊行会
はるかなる山河に　東大学生自治会戦歿学生手記編集委員会、東大協同組合出版局
雲流るる果てに　白鷗遺族会編、河出文庫
原爆と朝鮮人（三巻）　長崎在日朝鮮人の人権を守る会（代表　岡正治）
日治時期　森州華族蒙難史料　森美蘭中華大会堂

［著者紹介］

石川 逸子（いしかわ いつこ）

1933年東京生まれ。お茶の水女子大学史学科卒業。1982年よりミニ通信「ヒロシマ・ナガサキを考える」を発行。主な著書に、『われて砕けて——源実朝に寄せて』（文藝書房、2005年）『〈日本の戦争〉と詩人たち』（影書房、2004年）『僕は小さな灰になって——劣化ウラン弾を知っていますか』（御庄博実氏との共著、西田書店、2004年）『てこな　女たち』（西田書店、2003年）『「従軍慰安婦」にされた少女たち』（岩波ジュニア新書、1993年）『ゆれる木槿花』（花神社、1991年）『ヒロシマ・死者たちの声』（径書房、1990年）など。

定本《ていほん》　千鳥ケ《ちどりが》淵《ふち》へ行《い》きましたか

二〇〇五年七月三〇日　初版第一刷

著　者　石川《いしかわ》　逸子《いつこ》

発行所　株式会社　影書房

発行者　松本昌次

〒114-0015　東京都北区中里三—四—五
ヒルサイドハウス一〇一号

電　話　〇三（五九〇七）六七五五

FAX　〇三（五九〇七）六七五六

E-mail=kageshobo@md.neweb.ne.jp

URL=http://www.kageshobo.co.jp/

振　替　〇〇一七〇-四-八五〇七八

本文印刷＝スキルプリネット

装本印刷＝形成社

製本＝美行製本

© 2005 ISHIKAWA Itsuko

乱丁・落丁本はおとりかえします。

定価　一、八〇〇円＋税

ISBN4-87714-335-1　C0092